堀田季何

Les visages
Kika Hotta

邑書林

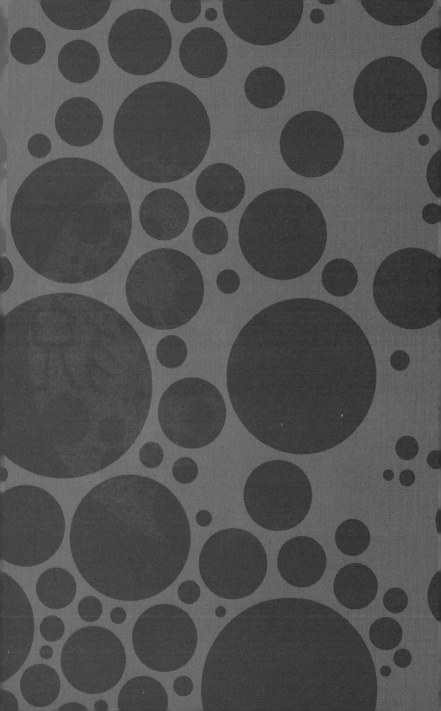

目次

デザイン　寺井恵司

星貌
せいぼう

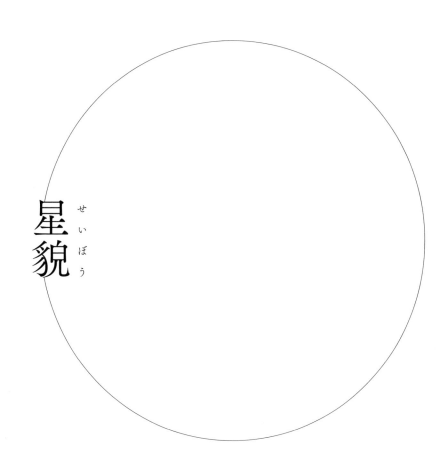

楽園帰還雪に言語を置き捨てて

のっけから虚子の捨てたバナナの皮

もの詠めばそこに生まれぬ秋の虚子《もうだめだ、こんなことではもうだめだ》

頽廃芸術たとえば唇に挟まれた句

鷲よりも苛烈haikuはプロメテウスを責め

句に蟻は死屍累累と蟻は句に

星が死んだのはこの俳句でだ

松の内この句が解るドラえもん

ニホンオオカミに追いつめられてニホンハイジン

棄てられてミルクは季語の匂いかな

詩人が思えば月は自然

ぐらぐらになった詩人が生えている

ひまわりの中心真横あたりに詩

全結末を怖れてショートショートの主人公

目の前で作者不在の物語

流れ出て書物より文字吾より脂肪

昨年へ百科事典を返送す

双頭の蛇咬みあえる言語かな

日本語の穴を出でたり蛇の舌

ラーマヤーナ＋カーマスートラ＋カルミナブラーナ

1＋1＝1

＋＋　＋

十一

◉

訳すほど粘粘

幼児期ふかく水
水面《みなも》が当たってきた

直線が長すぎる

ゴドーを待たせる

◉

百の仮説経てゴドーと逢う

ねんごろに義眼を洗う一つ目巨人

骰子の目を足せばアインシュタインの微笑

永遠は何千年も笑っている

永遠が裸のまま被さってくる

魂の中心軸を外す風

つべこべ言わず反射神経でつかむ竜巻

超魚になりそこねて金魚

太陽は昨日より大きい彼女は銃を取り出す

あなたの予言はわたしの記憶栄養失調

黒い聖句は腐らずに発火する

◉

ウォシュレットに続く狂信者

天の川へ愛国者《パトリオット》を抛り込む

延延と階段くだる９・１１

もう二度と死なないために死ぬ虱

赤紙に香水を臭きほど

ジパングや花々金に塗られいて
まだあたたかい最後の一粒まで均されて

げんげ田に公権力のままでいる

警察の蜥蜴はいつも濡れている

◉

蝌蚪乾く非実在少女の絶対領域に

悪所から悪所へ魂の入れ物引摺る

毒手の敵には軟膏塗れの手

◉

人につけた

が白すぎた

はははははハハハハハハハ歯歯歯歯歯

「ラリる？」「ろれるりら、ラリる！」

xyzはXYZもどきより春らしい

凹凸の凸凹になる☆の穐

パリ同時多発テロ事件　二句

脳も体も右に寄るフレンチ×Ｉ《キ》Ｓ《ス》×

ISLAMにBを足しLAMB挽けば冬

◉

悪魔に憑かれ異教寺院建立す砂糖とパイ生地で

炮烙の刑馬鹿貝に及びけり

コーキュートス冷やしラーメン啜る知的生命

かき氷とはひたすらに自傷せる

土を食う塩と悲しみを振りかけて

塩尽きて物語詩《バラード》を恋うサラダ

脳内に広域的かつ局所的土砂降りのチョコレート

チョコレートの脂質が歌いだす雨は雪に
腸《はらわた》で固形化するマネーマネー

◉

アヌビスの子孫がウォール街をとぼとぼ歩き来る涎垂らしつつ

身ぐるみ剝がされた男の脇とおるタキシードの犬

古代イヌ科の頭蓋骨を陳列文明化した犬の前

犬という昔は人間の友今は友のような人間
人間に降格されブラックカードを食らう

犬に格上げされ黒い雨粒を舐める

◉

ごろごろと花屑やまた黒い雨

くろい雨でわたしのヌードを描きおえるまで

核の冬まであの人を待っている

原子炉で何人の鬼が隠れん坊した

去勢されても福島に立つ案山子

変異　切除　屈辱

絆きもちわるく渚をランダムウォーク

耐放射能水着纏ってびしょ濡れ

プラス帯電した子供たち何がおかしい

◉

一つの音一本の体毛に纏わりつく
毛穴に浸透する音ノイズなし

音はバクテリア、xyzを喰う
音が歯を蝕むとき震動は酸っぱい

やがて音は全ての表面を蓋うわけないか

世界は音にしか過ぎず愛らしい

空間に遺る文明の音

その中の永遠に消えぬ音

俳句共和国アルペジオの音は同時に消える

アルペジオ・ペルヴェルジョ・ロナウジーニョ

弦あればば舐めるしゃぶるさぁ眠れ

弦かきならしかならしかなしなしし

神経の変則拍子に絡むメロン

ピアノは拷問器具いまも血と汗で磨く

音楽は麻酔いつもちょうど足りない

指揮棒は蛇となりたまにマエストロを咬む

深淵から対旋律があらわれるうねりながら

引き剝がして音に戻す魔法の解けた旋律は

オルガンのペダルを踏む音が好い、そう、踏んでくれ
翁を隻手ではたく音

四方八方和音の壁が迫る

全宇宙大協和音　地獄《ヘル》

◉

大いなるげっぷ音宇宙の端から端まで

宇宙の中心で凍っている夢は誰のもの

前後左右上下なしこの青き星

監視下の地球同時に夏と冬

わが星に持ち込み禁止金星の植物と火星のパンツ

泡沫宇宙いくつもの頑固な嘘

◉

光より速き宇宙船に神様います

神さまの啓示またもピンクの三角形

三四ページに神を見つけたのは偶然でした

錻力匣のなか神は生きても死んでもいない

骰を振る己を殺すか神を殺すか

天使は梯子を私に交換す私は天使を梯子に

正直に生命の樹から箸

最初の無神論者は神でここには噛みかけのソーセージ

時間を創って祈り方を忘れた

◉

虚時間ののち正時間われは鬼

吾はキーワード時間の外に存在す

花冷の機械が季何を読み取るの

堀田季何という一句や推敲す

オノマトペ詠唱し吾が忌を修す

私《わたくし》は月でなくてはいけなくて月であった月

月の全周よりも長い自分史

息吸うに全身捩る棄民われ

◉

人生で一番おいしいキス去勢した猫と

玉無し同士であおむけ日向ぼこ

地下鉄車内二十の眼球が性別を判断してくる

この人形は非性か無性か両性か中性か　くれない

社会的無性身体的中性天使アダムの林檎詰まって死

のど仏持てども女にごり酒

いつか王子様が来るスカート穿いて化粧して

地球では中性のからだ星の王子さま
帰園とは裸身体《バースデースーツ》脱ぎ捨つる

愉楽の園へ蟻の葬列由旬ほど

星貌　畢

跋

句集『星貌』は、単著の詩歌集では三冊目、句集としては二冊目に当たる。有季、超季、無季の別に囚われない自在季、且つ、定型律、自由律の別に囚われない自在律で書いた俳句を中心に編んだ。一部を除けば、二十代から三十代中頃までの作であり、当時は、星々の、とりわけ地球という星の様々な貌を捉えることに熱心であった。

若書ゆえ、俳句が何であるかを理論化する前の作品も含まれており、句自体も様々な貌をしている。そのため、作句時期を無視してテーマごとに分類、配列した。最初は、ロゴスを扱った句群、最後は、自分自身とジェンダーをそれぞれ扱った、境涯性の濃い二つの句群、という配列だが、ある意味、シニフィアンとシニフィエの関係を思わせる。記号表意作用《シニフィカシオン》が句集の至るところで顔を出していることと偶然にも呼応する。

自在季自在律の句集であり、読者によっては、俳句だと思えないような作品もあろう。そういうものは一行短詩として読んでいただいて一向に構わない。俳句が何であるかを一緒に考えるための切っ掛けになれば、実に幸いである。

邑書林の島田牙城及び黄土眠兎の両氏、装釘の寺井恵司氏、「吟遊」及び「澤」の連衆一同、「楽園」の仲間、多数の友人、無数の魂に深く感謝申し上げる。

臥遊居にて

辛丑年如月

附録

亞刺比亞

砂漠

やはらかくまるく妊る砂漠かな

砂に寝て砂あたたかし地球回る

砂吹かれ笑窪たくさん笑みかへす

赤い砂漠白い砂漠と吹かれけり

空と地のはざまは風を通すため

閑さやわが跫音と風の音

夏帽と耳朶擦《こす》る風の音

乾きゐてアラブの風や嬲りくる

しはぶきて蛇や砂より砂を吐く

いつさいは駱駝親子の咀嚼音

寄りてきて一瘤駱駝接吻す

蟻二列交差す速度保ちつつ

夕映や砂に刺さりてタイヤ片

砂嗅いでふるさとまでの道さがす

あせるまじ砂漠はどこも道である

たそがれの月へ急ぐや山羊の群

抽象が抽象を呼ぶ砂漠の夜

砂の中砂の巨人の彷徨へり

ふるさとの砂の赭みや手に掬ふ

オアシス

土曜日に右へ曲ればオアシスだ

土壁に花形の穴風光る

官能や光の風に乗りて蠅

睦みをり風と木蔭と鳥の声

はらはらと一本伐つて二本植う

泉をさがす月に背を向けながら

あをあをと泉は砂の涙かな

水

かつて水ありし処や長の墓

この星の記憶宿《しゆく》する清水かな

ワジ岸の石の罅縫ふ蜘蛛の糸

うただぬし水なき場所に水生れて

雨

鼓動はやし雨を喜ぶ民とゐて
雨粒落ちて同時多発の祈りかな
みな神の恵みを語る雨の中

信仰

蠅さへも恩寵翅音やさしくて
何事も神の手のうち冗談も
戦争に近くて神に電話して

世界とは神の映画《シネマ》か砂に薔薇
多く欲する者貧しブーゲンビリア
告知《アザーン》に雄鶏のこゑ混じりけり
風やはらかし民祈る時間まで

声調つけて聖句読む涼しさよ

日没の美し殊に祈るとき

マッカとは北極よりも動かざる

人赦すまへに見上げて冬の星

いつか祈らむ桜の森にひれ伏して

生活

しろたへのカンドゥーラ生地日本製

双六のごとき旅程ぞ昼は休み

角砂糖踏みしめ蠅や王の気分

蠅老いて花弁にとまりぬ喫茶室

椅子すべてガソリン缶や映写室

インク・汗・血に聖別されてドル紙幣

香水は名刺のやうであぁ君か

春愁や金《きん》売る自動販売機

サフランは店主が郷をおもふ色

蠅除は旗の形よ鮫扇ぐ

魚河岸の床の滑《ぬめ》りや猫駆くる

棗椰子の山や頂より崩す

凸凹の旧市街ゆく石頭

音楽

音楽や耳の輪郭辿りつつ
音楽の解体夜の砂漠にて
音は空間音楽は時間　薔薇

言語

薔薇水や閣下との二言三言

水紋の亜刺比亜文字になるところ

銀河あり書道と絵画一体化

館内に茶室木札に亜剌比亜語
右方から書きぬ預言も睦言も
人のため書かれて人のため遺る
星に満ち時間を欠いてゐる柩

肉体は砂に記憶は言の葉に

永遠や砂漠に彫つてわが名前

詩歌

詩人みな実名の地や風かをる

アラビアに買ふ和書や詩の本少し

恋愛の詩を聴くまへの剣舞かな

唄ひだす詩人の声は星の声

詩《うた》にして真珠の在処かがやかす

海

月の色さしてあらびあ真珠かな
あらびあの真珠満月とはならず
潜りけり肌に油を摩りこみて

地下鉄に運ぶ石彫海の底

子らも乗せ部族の島へドバイ冬

陸に待つ馬と駱駝やドバイ夏

海原のこちら砂上の楼閣は

貝殻と珊瑚を埋めて塀や月

運河

何もかも渡る運河や月光も

夕風や運河に向けてカフェの椅子

唇は肉嘴は皮膚時化る

都市

摩天楼見上げてフラミンゴの夜

一枚の雲一本の塔を断つ

空間ごと時間貫く預言の塔

塔のぼる銀河中心部へ向けて
アラビアの今と火星の今世紀
鷹飼つて鳩寄せつけず未来都市
未来都市《future city》額に寄せて汗ばむ手

世界一「世界一」ある涼しさよ

国

国若し猫の跳躍若々し
土よりも砂おほき国ここにも神
暁や政府に感謝できる国

英雄は歴史を創り吾は詩を
国家なる部族の夢は緑色

亜剌比亜　畢

附録解題

句集『星貌』の附録として、第二詩歌集にして第一句集『亞剌比亞』の九九句を収めた。同集は、日英亞対訳句集としてアラブ首長国連邦のQindeel社から出版されたが、日本国内では販売されていない。そのため、詩誌「て、わたし」第二号に、国内未流通版として同句集の俳句を掲載していただいたが、同号は完売、絶版になってしまった。そこで、今回、多少改訂した上、日本語原句を『星貌』の附録とした次第である。

ちなみに、Qindeel社に日本で用意したデザインを伝えるため、出版以前に日英対訳版（アラビア語への翻訳及び現地での宗教検閲の前）の試し刷りを数十部ほど行い、国内の関係者に配ったが、当然未発売である。

二〇一五年一月から二月にかけて、モハメド・ビン・ラシッド・アル・マクトゥーム財団（現・モハメド・ビン・ラシッド・アル・マクトゥーム知識財団）及び日本芸術文化国際交流財団が行った作家交流事業の一環として、アラブ首長国連邦に滞在、各首長国を吟行した。同連邦という「場」を捉えることが主眼であった。殆どの句はその時の嘱目を基にしているが、厳密な嘱目吟でなく、滞在中に得た認識や知識から自由に発想を広げて書いたものである。作中主体の視点は、必ずしも現実の堀田季何のものでなく、虚構の堀田季何のものであったり、現地人のものであったりする。時間にしても、歴史を遡っている句もある。

翌年の春、書き下ろし句集として、エミレーツ航空文学祭に合わせる形で出版された。季節及び文化が日本と根本的に異なる「場」であることから、すべての句は超季（季語とみなされる言葉が入っているが、句作の場において本意本情が通じない、もしくは、季語として機能していない場合）もしくは無季である。現地において、蝿は夏のものでなく、月は秋のものでない。冬は、日本の初夏に相当する。なお、日本語原句においては、定型を維持した。

（著者自解）

堀田季何——ほった きか

「吟遊」「澤」各同人を経て、「楽園」主宰、現代俳句協会幹事。
俳句により、芝不器男俳句新人賞齋藤愼爾奨励賞、澤新人賞、
短歌により、日本歌人クラブ東京ブロック優良歌集賞、石川啄木賞、中部短歌会新人賞。
単著に句集『亞剌比亞』、歌集『惑亂』、
共著に『新興俳句アンソロジー』等、
訳書に岡井隆歌集『伊太利亞』。
多言語多形式で創作。

星貌《せいぼう》

著者　堀田季何　©Kika Hotta

印刷日　二〇二一年八月六日

発行日　二〇二一年八月六日

発行人　島田牙城

発行所　邑書林《ゆうしょりん》

住所：兵庫県尼崎市南武庫之荘三丁目三二の一の二〇一

郵便番号：六六一の〇〇三三

電話番号：〇六の六四二三の七八一九

メールアドレス：younohon@fancy.ocn.ne.jp

印刷　モリモト印刷株式会社

用紙　株式会社三村洋紙店

定価　二二〇〇円（本体二〇〇〇円）

Printed in Japan

ISBN978-4-89709-908-8